Emmanuel Aquin

Les yeux d'Uhuru

**Illustrations de
Luc Chamberland**

Inspiré de la série télévisée *Kaboum*,
produite par Productions Pixcom inc.
et diffusée à Télé-Québec

la courte échelle

Les éditions de la courte échelle inc.
160, rue Saint-Viateur Est, bureau 404
Montréal (Québec) H2T 1A8

Révision :
Marie Pigeon Labrecque

Conception graphique de la couverture :
Elastik

Conception graphique de l'intérieur :
Émilie Beaudoin

Coloriste :
Étienne Dufresne

Dépôt légal, 2e trimestre 2011
Bibliothèque nationale du Québec

Copyright © 2011 Les éditions de la courte échelle inc.
D'après la série télévisuelle intitulée *Kaboum,* produite par Productions
Pixcom inc. et diffusée par Télé-Québec.

La courte échelle reconnaît l'aide financière du gouvernement du Canada
par l'entremise du Fonds du livre du Canada pour ses activités d'édition.
La courte échelle est aussi inscrite au programme de subvention globale
du Conseil des Arts du Canada et reçoit l'appui du gouvernement du Québec
par l'intermédiaire de la SODEC.

La courte échelle bénéficie également du Programme de crédit d'impôt pour
l'édition de livres — Gestion SODEC — du gouvernement du Québec.

**Catalogage avant publication de Bibliothèque et Archives nationales
du Québec et Bibliothèque et Archives Canada**

Aquin, Emmanuel

  Kaboum

  (Série Les nouvelles aventures des Sentinelles)
  Sommaire : t. 32. Les yeux d'Uhuru.

  Pour enfants de 6 ans et plus.

  ISBN 978-2-89651-382-6 (v. 32)

  I. Chamberland, Luc. II. Titre. III. Titre : Les yeux d'Uhuru.

PS8551.Q84K33 2007   jC843'.54   C2007-942059-1
PS9551.Q84K33 2007

Imprimé au Canada

Emmanuel Aquin

Les yeux d'Uhuru

**Illustrations de
Luc Chamberland**

la courte échelle

Les Karmadors et les Krashmals

Un jour, il y a plus de mille ans, une météorite s'est écrasée près d'un village viking. Les villageois ont alors entendu un grand bruit: *kaboum!* Le lendemain matin, ils ont remarqué que l'eau de pluie qui s'était accumulée dans le trou laissé par la météorite était devenue violette. Ils l'ont donc appelée... *l'eau de Kaboum.*

Ce liquide étrange avait la vertu de rendre les bons meilleurs et les méchants pires, ainsi que de donner des superpouvoirs. Au fil du temps, on a appelé les bons qui en buvaient les *Karmadors*, et les méchants, les *Krashmals.*

Au moment où commence notre histoire, il ne reste qu'une seule cruche d'eau de Kaboum, gardée précieusement par les Karmadors.

Le but ultime des Krashmals est de voler cette eau pour devenir invincibles. En attendant, ils tentent de dominer le monde en commettant des crimes en tous genres. Heureusement, les Karmadors sont là pour les en empêcher.

⚡⚡⚡

Les personnages du roman

Magma

Magma est un scientifique. Sa passion : travailler entouré
de fioles et d'éprouvettes. Ce Karmador grand et plutôt mince
préfère la ruse à la force. Lorsqu'il se concentre, Magma peut
chauffer n'importe quel métal jusqu'au point de fusion.

Gaïa

Gaïa est discrète comme une souris : petite,
mince, timide, elle fait tout pour être invisible. Son
costume de Karmadore comporte une cape verdâtre
qui lui permet de se camoufler dans la nature. Gaïa a un
don : grâce à ses antennes, elle peut dialoguer avec toutes les
espèces végétales.

Mistral

Mistral est un beau jeune homme aux cheveux blonds
et aux yeux bleus, fier comme un paon et sûr de lui. Son
pouvoir est son supersouffle, qui lui permet de créer un courant
d'air très puissant.

Lumina

Lumina est une Karmadore solitaire très jolie et très coquette. Elle est capable de générer une grande lumière dans la paume de sa main. Quand Lumina tient la main de son frère jumeau, Mistral, la lumière émane de ses yeux et s'intensifie au point de pouvoir aveugler une personne.

Xavier Cardinal

Xavier est plus fasciné par la lecture que par les sports. À neuf ans, le frère de Mathilde est un rêveur, souvent dans la lune. Il est blond et a un œil vert et un œil marron (source de moqueries de la part de ses camarades à l'école). Xavier, qui est petit pour son âge, a hâte de grandir pour devenir enfin un superhéros, un pompier ou un astronaute.

Mathilde Cardinal

C'est la sœur aînée de Xavier et elle n'a peur de rien. À onze ans, Mathilde est un peu grande et maigre pour son âge. Sa chevelure rousse et ses taches de rousseur la complexent beaucoup. En tout temps, Mathilde porte au cou un médaillon qui lui a été donné par son père.

Pénélope Cardinal

Pénélope est la mère de Mathilde et de Xavier.
Grâce aux Sentinelles, cette femme dans la quarantaine à la chevelure blanche est maintenant guérie du mystérieux mal qui la clouait à un fauteuil roulant.

Uhuru

Ce Karmador est une vedette dans son Mali natal. Plutôt solitaire de nature, Uhuru a les attributs du lion (vitesse, agilité) en plus d'avoir une endurance formidable.

Styxia

Styxia est une Krashmale africaine qui ressemble à une momie desséchée. Cette sorcière cruelle a la réputation d'être indestructible. Elle a plusieurs pouvoirs redoutables, tous reliés au sable.

Chapitre 1

Dans une caverne baignée d'ombre, un cri horrible retentit. Mathilde, essoufflée, court vers le bruit. Elle se retrouve devant la silhouette menaçante d'une femme extrêmement maigre à la peau très foncée. On dirait presque une momie!

— Tu ne peux rien contre moi! siffle la femme. Bientôt, le continent sera un vaste désert!

— Je dois t'arrêter! dit bravement Mathilde. Je suis la seule à pouvoir le faire!

La femme s'empare d'un bâton qui se termine par un crâne et le pointe vers la jeune fille :

— Tu vas périr, sale gamine !

Un jet de sable jaillit du crâne et atteint Mathilde en pleine poitrine...

Mathilde se réveille, toute en sueur. Elle vient de faire un cauchemar ! Elle regarde autour d'elle, contente de se retrouver dans son lit. C'est la nuit. Elle entend la pluie battre sur le toit de

la maison. Mathilde est en sécurité…
mais elle ressent une grande inquié-
tude. Qui était cette femme aux airs
de momie ?

La jeune fille a l'impression désagréa-
ble qu'elle va vraiment la rencontrer…

⚡⚡⚡

Le matin, dans la cuisine, Xavier et
Mistral mangent leurs céréales. Mistral
termine son troisième bol et pousse un
soupir :

— Bon, assez mangé !

Xavier est étonné :

— Tu n'as avalé que trois bols ! Tu en
manges au moins cinq, d'habitude.

Le Karmador grimace :

— Je sais. J'essaie de perdre du poids.
Hier, j'ai eu de la difficulté à mettre ma
ceinture. Pénélope est trop bonne cuisi-
nière ; à cause d'elle, je mange trop !

Xavier rigole. C'est alors que Mathilde vient les rejoindre, la mine basse.

— Qu'est-ce que tu as? demande le Karmador. Tu as l'air préoccupé.

— J'ai fait un cauchemar, explique la jeune fille.

— Bah, il est terminé, maintenant! dit Xavier. Moi aussi, je fais des cauchemars, des fois.

— Cette fois, c'était différent, réplique Mathilde, en secouant la tête.

⚡⚡⚡

Dans son bureau, Magma boit son café en lisant un article de chimie. Une lumière s'allume sur sa console. C'est un message urgent d'Uhuru, son collègue du Mali, en Afrique. Il s'empresse de répondre :

— Ici Magma, que puis-je faire pour toi, Uhuru ?

— J'ai un problème, commence le Karmador africain de sa voix grave. Et Geyser m'a dit que les Sentinelles pourraient m'aider.

— Je t'écoute !

— Une Krashmale dénommée Styxia fait rage au Mali. Elle est en train d'assécher toute la région. Le désert se répand à une vitesse alarmante. Bientôt, tout le pays sera envahi par le sable…

— C'est épouvantable ! s'écrie Magma.

Les Karmadors de la région n'ont-ils pas tenté de l'arrêter?

— Oui, mais aucun n'a réussi. Selon la légende qui court, elle serait indestructible… et seule une sorcière aux cheveux de feu pourrait l'arrêter.

— Une sorcière aux cheveux de feu? répète Magma. Tu veux dire aux cheveux roux?

— Oui. C'est la raison de mon appel. Je pense que Mathilde pourrait neutraliser Styxia.

— Mais voyons! Mathilde est une jeune fille!

— C'est vrai. Et elle n'est pas vraiment une sorcière, mais elle a les cheveux roux et sa mère est une shamane.

— On ne peut pas l'envoyer se mesurer contre une Krashmale! Même si on l'accompagnait, je doute que sa mère accepte de la laisser partir en Afrique pour une telle mission.

— Tu as raison, Magma. Mais la situation est critique, ici.

— Je vais en parler à Pénélope, répond le chef des Sentinelles. Mais je ne peux rien te promettre.

⚡⚡⚡

Dans le salon, Mathilde est pensive. D'une main distraite, elle joue avec son médaillon porte-bonheur, qui contient de l'eau de Kaboum. Sa mère vient la voir, préoccupée :

— Xavier m'a dit que tu avais fait un cauchemar. Veux-tu me le raconter ? demande-t-elle.

La jeune fille, mal à l'aise, confie à sa mère :

— Tu vas trouver ça étrange, maman. J'ai rêvé que je me battais contre une femme qui ressemblait à une momie.

— C'est la première fois que ça t'arrive ? l'interroge Pénélope.

— De faire un cauchemar ? Non, évidemment. Mais celui-là était plus… réel. Les couleurs, les odeurs… C'est comme si j'y étais !

Pénélope hoche la tête :

— Quand j'avais ton âge, j'ai fait plusieurs rêves comme celui-là. Ce sont des rêves prémonitoires.

— Quoi ? s'inquiète Mathilde. Qu'est-ce que c'est au juste ?

— Tu rêves d'événements futurs. Comme moi, et comme ma mère avant moi. Cela signifie que tu as des pouvoirs de shamane qui sommeillent en toi.

Mathilde regarde sa mère avec des grands yeux.

— Tu m'avais dit que ça ne m'arriverait jamais ! Que je n'avais pas tes dons !

— Eh bien, je me suis trompée, semble-t-il, fait Pénélope en souriant.

Mathilde n'en revient pas.

— Ça veut dire qu'un jour je pourrais être comme toi?

La jeune fille saute dans les bras de sa mère.

$$\text{⚡⚡⚡}$$

Dans son bureau, Magma consulte les archives karmadores. Il cherche des informations sur la Krashmale Styxia. Tout ce qu'il trouve est un rapport vieux de vingt ans écrit par Ténéré, un Karmador malien.

Ténéré mentionne qu'il s'est battu contre une Krashmale à la peau sombre et au visage émacié du nom de Styxia. Cette femme avait le pouvoir d'assécher tout ce qu'elle touchait. Le sol sous ses pieds se vidait de son eau. Partout où elle allait, la terre se transformait en sable.

Mais le rapport est incomplet. Le pauvre Ténéré a disparu mystérieusement avant d'en avoir terminé la rédaction. On dit qu'il s'est perdu dans le désert du Sahara. D'autres rumeurs veulent qu'il ait été englouti par le sable.

Magma est perturbé par cette histoire. C'est alors que Pénélope arrive dans son bureau, accompagnée de Mathilde.

— Tu voulais me voir? demande la femme.

Le chef des Sentinelles se lève pour leur expliquer la situation:

— Uhuru, un Karmador du Mali, vient de m'appeler au sujet d'une Krashmale du nom de Styxia. Selon la légende, cette sorcière est indestructible.

Magma leur montre une esquisse, dessinée par Ténéré. Mathilde recule, bouleversée.

— C'est la momie de mon cauche-mar! s'écrie-t-elle. Cette Krashmale est terrible! Elle veut transformer le continent africain en un immense désert.

Pénélope prend sa fille par l'épaule pour la rassurer. Magma est épaté :

— Comment sais-tu ça ?

— Mathilde a fait un rêve prémonitoire, explique Pénélope. Comme cela m'arrive parfois aussi.

Magma hoche la tête et poursuit :

— Uhuru m'a demandé de l'aide. Il veut que Mathilde se rende là-bas pour neutraliser Styxia. Apparemment, seule une sorcière aux cheveux roux peut l'arrêter. Je lui ai dit que je t'en parlerais, mais que tu ne laisserais sûrement pas ta fille affronter une Krashmale.

Pénélope regarde Mathilde et l'interroge :

— Dans ton rêve, qu'est-ce qui se passait, au juste ?

— J'étais la seule à pouvoir l'arrêter. Mais mon cauchemar s'est interrompu avant que je puisse le faire.

Pénélope se tourne vers Magma, l'air déterminé.

— Tu peux dire à Uhuru que Mathilde va aller au Mali... accompagnée de sa mère et des Sentinelles ! lance-t-elle.

Mathilde est excitée :

— Vraiment ? Nous partons en Afrique ?

Sa mère fait «oui» de la tête. Le Karmador s'empare de sa goutte.

— Je vais avertir les autres, annonce-t-il. Rendez-vous au SentiJet dans dix minutes !

Chapitre 2

Lumina s'installe aux commandes du SentiJet. Elle allume les moteurs et vérifie les systèmes de bord. Gaïa est assise à ses côtés, sur le siège du copilote.

Magma et Mistral sont derrière et bouclent leur ceinture de sécurité.

Pénélope, Mathilde et Xavier entrent dans le véhicule. En voyant le garçon, Magma fronce les sourcils.

— Est-il sage d'emmener Xavier avec nous dans cette mission périlleuse? Il est un peu jeune pour affronter les rigueurs du désert!

— Je ne vais pas le laisser tout seul ici, répond Pénélope.

Content, Xavier se choisit un siège.

— Prêts pour le décollage? demande Lumina. Prochain arrêt: le Mali!

Les moteurs du SentiJet vrombissent et le véhicule quitte le sol. Il s'envole vers l'Afrique à une vitesse vertigineuse.

⚡⚡⚡

Pendant le vol, Xavier se penche vers sa sœur:

— Styxia, c'est un drôle de nom pour une Krashmale.

Pénélope intervient :

— C'est une référence au fleuve Styx, dans la mythologie. C'est le cours d'eau qui coule en enfer.

Les enfants frémissent.

— Et elle a l'air de quoi, cette Styxia? demande Xavier.

— Elle est très laide, elle a la peau comme celle d'une momie, répond Mathilde. Et il n'y a pas de blanc dans ses yeux : ils sont entièrement noirs !

Xavier grimace :

— Tu vas te battre contre elle pour de vrai ?

Pénélope secoue la tête :

— Non, mon chéri. C'est moi qui vais l'affronter. Vous serez en sécurité.

⚡⚡⚡

Trois heures plus tard, le véhicule supersonique arrive au-dessus de l'Afrique, près du Mali.

— Nous serons à Tombouctou dans quelques minutes, annonce Lumina. Uhuru nous y attend.

— J'ai hâte de le voir, s'exclame Xavier. J'ai lu la bande dessinée de ses aventures avec Geyser en Afrique et j'ai plein de questions à lui poser!

— C'est vrai qu'il est sympathique, Uhuru, dit Mistral.

— Et il est drôlement mignon! ajoute Lumina en lui faisant un clin d'œil.

⚡⚡⚡

Dans la ville malienne de Tombouctou, un Karmador musclé au costume jaune se promène dans la rue couverte de sable. Plusieurs enfants marchent derrière lui partout où il va. Ce Karmador est

très populaire auprès de la population : il s'agit d'Uhuru, le défenseur du Mali !

Uhuru a des yeux ambrés qui contrastent avec sa peau foncée. Son regard fascine les gens et lui donne un air félin.

Au-dessus des maisons de terre cuite, dans le ciel bleu sans nuages, la silhouette métallique du SentiJet approche. Uhuru indique les cieux aux enfants :

— Voilà des Karmadors d'Amérique qui viennent nous prêter main-forte contre la sorcière Styxia !

Les enfants applaudissent. Uhuru leur dit au revoir et court vers le point de rendez-vous. Il se déplace si vite que personne ne peut le suivre!

✦✦✦

Le SentiJet se pose dans le sable, près d'un immense palmier, et soulève un nuage de poussière.

Uhuru les attend, les bras croisés. La porte du véhicule s'ouvre sur Magma, qui vient à sa rencontre. Les Karmadors se serrent la main.

— Salut Magma! lance Uhuru. Merci d'être venu. Ça fait longtemps qu'on s'est vus!

— Trop longtemps, répond le chef des Sentinelles.

— Ne tardons pas. J'aimerais arriver à la citadelle de Styxia avant la tombée de la nuit.

— Je suis d'accord. Tu montes avec nous?

— Non, je vais y aller à pied. Suivez-moi dans votre appareil. Je vais vous montrer le chemin.

— D'accord. Nous serons juste derrière toi !

$$\mathbf{\sharp\sharp\sharp}$$

À bord du SentiJet, Magma donne les instructions à Lumina. Cette dernière, étonnée par l'attitude d'Uhuru, demande :

— Mais pourquoi préfère-t-il courir dehors à la chaleur alors qu'il pourrait être au frais dans la cabine ?

— Uhuru est un Karmador solitaire, répond Magma.

Le SentiJet décolle et vole à basse altitude pour suivre Uhuru.

Le Karmador africain court dans le sable à une vitesse étonnante. Mathilde n'en revient pas:

— Comment fait-il pour galoper comme ça? Est-ce son superpouvoir?

— Le pouvoir d'Uhuru, c'est qu'il possède les attributs du lion, lui explique Mistral. Il est extrêmement rapide, et capable de sauter très haut et très loin…

— Et il peut voir dans le noir avec ses yeux perçants, ajoute Xavier. Il est super agile, silencieux et redoutable au combat!

— En plus, précise Magma, il est doté d'une endurance formidable! Il peut courir des heures sans se fatiguer.

— Mais surtout, renchérit Lumina, il est très mignon.

— Tu l'as déjà dit, soupire Mistral.

↯↯↯

Le soleil se couche tandis qu'Uhuru file dans les dunes du désert en direction d'une colline de roc rouge. Le SentiJet plane au-dessus de lui, comme un oiseau bienveillant.

Soudain, Uhuru s'arrête : il a trouvé des traces dans le sable.

Le Karmador se penche pour les examiner. D'après les marques, il s'agit des pas d'un chameau. Il s'empare de sa goutte pour appeler Magma :

— Peux-tu me dire jusqu'où vont ces traces ? demande-t-il.

À bord du SentiJet, Magma observe le paysage. Il distingue clairement le sillon dans le sable.

— Les traces continuent pendant cinq cent mètres, indique-t-il. Puis elles arrêtent subitement !

— Ce n'est pas normal, fait Gaïa. C'est comme si le chameau s'était volatilisé en plein désert !

— Allons voir de plus près, suggère Mistral.

— Je vous suis! lance Uhuru dans sa goutte.

$$\lightning\lightning\lightning$$

Le SentiJet atterrit sur une dune, près de la colline rouge. Les Sentinelles descendent pour inspecter les traces dans le sable.

Pénélope et les enfants restent à bord et observent la scène à partir du hublot.

Uhuru arrive en courant. Il n'est même pas essoufflé!

— Comment peut-on cesser de laisser des traces dans le sable? demande Mistral. Ne me dites pas que ce chameau s'est envolé!

Le sol tremble. Les Sentinelles se regardent, étonnées.

— Que se passe-t-il ? s'enquiert Gaïa. Une secousse sismique ?

— Je n'en ai aucune idée, avoue Uhuru.

— Sommes-nous loin de la citadelle de Styxia ? l'interroge Mistral.

— Deux ou trois kilomètres environ, répond le Karmador malien.

— Cette Krashmale est-elle capable de faire trembler la terre ? s'inquiète Gaïa.

— Pas que je sache, réplique Uhuru.

— Dis-moi tout ce que tu sais de Styxia, déclare Pénélope, venue les rejoindre. Si je dois me battre contre elle, je veux la connaître.

Uhuru est étonné :

— Te battre contre elle ? Elle est indes-tructible. Seule une sorcière aux cheveux roux peut la terrasser. Comme Mathilde !

— Je ne vais pas laisser ma fille affron-ter cette Krashmale, explique Pénélope. Crois-moi, Uhuru, je suis capable de tenir tête à cette Styxia.

— D'accord, acquiesce le Karmador. Allons discuter dans la cabine du Senti-Jet. J'ai soif !

$$\not\!\!\!/ \not\!\!\!/ \not\!\!\!/$$

Uhuru s'installe sur un siège. Les Sen-tinelles et la famille Cardinal sont autour de lui, fascinés. Xavier lui tend un verre d'eau.

— Tiens, Uhuru, dit le garçon. Je me demandais si tu pouvais m'expliquer comment Geyser et toi avez neutralisé le troupeau d'hippopotames enragés qui est mentionné dans la bande dessinée que j'ai lue. Parce qu'il manquait les dernières pages à mon livre!

— Xavier, le reprend Pénélope, tu poseras tes questions plus tard. En ce moment, il est plus important de parler de Styxia.

— Ta mère a raison, ajoute le Karmador. Je te raconterai mes aventures après notre mission, c'est promis.

Lumina fait un sourire charmeur à Uhuru. Ce dernier hausse un sourcil, puis continue:

— Où en étais-je? Ah oui, Styxia. Tout ce que l'on sait de cette Krashmale est tiré de la légende locale, car personne n'a survécu à un affrontement avec elle. Le seul qui y est parvenu est un ancien Karmador du nom de Ténéré. Mais le pauvre a disparu peu de temps après.

— J'ai lu son rapport, intervient Magma. Il dit que Styxia peut assécher le sol.

Uhuru hoche la tête.

— Pire encore, se désole-t-il. Selon la légende, Styxia a le pouvoir de créer du sable à volonté. Tu vois le désert dans lequel nous nous trouvons ? Chaque année, il grandit. Styxia le fait grossir sans arrêt. Elle a l'intention de transformer le continent au complet en désert !

— Mais pourquoi ? s'indigne Gaïa. Détruire ainsi la végétation nuit à tout le monde, même aux Krashmals !

— Styxia contrôle le sable, poursuit Uhuru. Partout où il y a du désert, son pouvoir est extrêmement puissant. La légende dit qu'elle peut créer des tempêtes de sable capables d'enterrer un village entier.

Le SentiJet est pris d'une violente secousse.

— Que se passe-t-il ? demande Magma.

— Quelque chose vient de nous cogner, annonce Lumina. Je vais consulter les caméras extérieures.

— Alors ? fait Mistral. Que vois-tu ?

Lumina pousse un cri d'horreur devant ce qu'elle aperçoit.

Chapitre 3

Sous le SentiJet, des bras énormes jaillissent du sol. Ces grosses mains faites de sable s'accrochent au train d'atterrissage du véhicule et le retiennent.

— Le désert vient de nous attraper! lance Lumina.

— Décolle immédiatement! ordonne Magma.

La Karmadore allume les moteurs et appuie sur l'accélérateur. Mais le SentiJet ne bouge pas, prisonnier des bras de sable!

— Rien à faire, nous sommes coincés ! s'affole Lumina.

— C'est Styxia, dit Uhuru. Elle nous a découverts !

— Restons à bord ! suggère Mistral. Dans la cabine, nous sommes protégés.

C'est alors que les bras de sable attirent le SentiJet vers le sol. Le véhicule commence à s'enliser.

— Nous nous enfonçons ! s'écrie Magma. Sortons d'ici avant qu'il soit trop tard !

⚡⚡⚡

Le groupe quitte le SentiJet en courant. Le véhicule coule comme un navire dans les dunes du désert, entraîné par les bras de sable.

Magma est stupéfait.

— Cette Styxia est redoutable ! s'exclame-t-il. Je n'ai jamais vu une chose pareille !

— Sans le SentiJet, comment va-t-on se rendre à la citadelle de la Krashmale ? demande Gaïa.

— À pied, répond Uhuru.

— Mais c'est dangereux ! proteste Lumina. Si le désert a attrapé le SentiJet, il ne fera qu'une bouchée de nous.

— Je comprends maintenant ce qui est arrivé à ce pauvre chameau dont nous avons perdu les traces, déclare Mistral. Le sol l'a avalé !

Xavier et Mathilde se collent contre leur mère, apeurés. Celle-ci ouvre son sac d'ingrédients magiques et en extrait une pochette de poudre blanche. Elle la lance autour d'elle en marmonnant une formule du clan du Cardinal.

Soudain, un mur d'étincelles rouges apparaît autour du groupe.

— Que viens-tu de faire? l'interroge Gaïa.

— C'est un sort de protection. Pendant une heure, ces étincelles vont nous rendre invisibles aux yeux des Krashmals.

Mathilde serre sa mère très fort.

— Une chance que tu es là pour nous protéger! lui dit-elle fièrement.

— Si nous n'avons qu'une heure, il n'y a pas de temps à perdre! annonce Uhuru. Rendons-nous à la citadelle de Styxia.

Mistral se frotte les bras en frissonnant.

— Dites donc, il fait froid, tout d'un coup, constate-t-il.

— Le soleil se couche, explique Uhuru. Autant les journées sont chaudes dans le désert, autant les nuits sont froides…

— Est-ce que quelqu'un a pensé à apporter une gourde? demande Lumina.

Xavier lève la main. Il est le seul.

— Il vaut mieux se rationner, déclare Uhuru. L'eau est une denrée précieuse, ici.

Dissimulé par le mur d'étincelles, le groupe commence la longue marche vers la colline rouge, au loin. Lumina fait jaillir son rayon lumineux pour éclairer la route à ses amis.

⚡⚡⚡

Pendant une heure, les Sentinelles, la famille Cardinal et Uhuru marchent d'un pas pressé vers la colline. Autour d'eux, un mince voile d'étincelles les protège des regards krashmals. Le hurlement d'un chacal résonne au loin. L'ambiance est sinistre.

— J'ai hâte d'arriver! murmure Xavier, essoufflé.

— Dépêchez-vous! lance Uhuru. Nous y sommes presque!

Le Karmador malien aurait eu le temps de se rendre dix fois à la colline, mais il marche lentement pour accompagner ses amis.

Soudain, les étincelles disparaissent.

— Mon sort de protection est terminé, se désole Pénélope. Et je n'ai pas apporté assez de poudre pour en faire un deuxième! Nous ne sommes plus invisibles pour Styxia.

— Il est temps de courir, lance Mistral. Allez, Xavier!

Le Karmador blond soulève le garçon et le place sur ses épaules. Il entame un sprint vers la colline de roc rouge, suivi par les autres.

— Ouf! souffle Mistral. C'est un bon exercice pour me garder en forme!

— Après ça, tu pourras manger toutes les céréales que tu veux! lui dit Xavier pour l'encourager.

Mais à ces mots, Mistral trébuche et s'effondre dans le sable. Xavier culbute et se retrouve le visage face au sol.

— Zut! grogne le Karmador blond. Qui m'a fait un croc-en-jambe?

Xavier regarde avec horreur une silhouette émerger du sable et se redresser.

— Vous avez vu ça? s'écrie Lumina. On dirait un homme fait en sable!

Un peu plus loin, le sol se soulève et un autre homme se forme. Puis un autre! Partout autour des Sentinelles, des créatures poudreuses jaillissent de la terre.

— Nous sommes attaqués! crie Magma. Protégez les enfants!

Chapitre 4

Six hommes de sable encerclent les Sentinelles et bloquent le chemin vers la colline.

Sans perdre une seconde, Uhuru saute
dans les airs comme un lion et plaque une
créature au sol. Celle-ci s'effondre et dis-
paraît aussitôt dans le sable.

— Je crois que je l'ai eu! dit le Karmador
malien.

— Derrière toi! l'avertit Lumina.

L'homme de sable resurgit du sol et
lui saute dessus à son tour. Uhuru bondit
très haut dans les airs pour l'éviter.

Tout en tenant Xavier près de lui, Mistral gonfle les poumons et crache son souffle sur une créature sableuse. Le vent la ralentit un peu, mais elle continue d'avancer. Le Karmador prend la main de Lumina pour décupler son pouvoir.

Cette fois, son supersouffle est tel que l'homme de sable se désintègre en un nuage de poussière, poussé au loin.

— Ça marche! crie Mistral. Il suffit de leur souffler dessus!

Mais un bras sort du sol et attrape la cheville du Karmador.

— Aïe! s'exclame-t-il. Je m'enfonce!

D'autres bras jaillissent pour entraîner Mistral sous terre. Magma et Gaïa attrapent les mains de leur camarade pour le retenir.

Uhuru réalise alors quelque chose d'important:

— Les hommes de sable nous bloquent le chemin de la colline. Comme celle-ci est en roc, peut-être qu'ils ne peuvent rien contre nous, là-bas.

Lumina saisit la main de Mathilde et lui dit:

— Viens avec moi! Je vais t'emmener en sûreté.

La Karmadore évite deux créatures qui tendent les bras vers elle. Uhuru en plaque une autre au sol pour lui libérer le chemin. Lumina court vers la colline.

⚡⚡⚡

Pendant ce temps, Pénélope sort des herbes de son sac et récite une incantation. Mais elle est interrompue par un homme de sable qui la pousse. Elle tombe par terre et son sac se vide de ses ingrédients magiques, qui sont aussitôt avalés par le sable!

⚡⚡⚡

Mistral continue de s'enliser, malgré les efforts de Magma et de Gaïa. Désespéré de ne pouvoir aider son ami, Xavier s'empare de sa gourde:

— Quand je suis à la plage, explique-t-il, le pire ennemi de mes châteaux de sable, c'est l'eau!

Il débouche le goulot de sa gourde et asperge les bras qui tirent Mistral.

Au contact de l'eau, ceux-ci se désagrègent!

Le Karmador blond se dégage aussitôt et donne une énorme accolade à Xavier.

— Merci, mon petit bonhomme! s'exclame-t-il. Et maintenant, direction la colline!

Comme un joueur de football, Mistral fonce tête baissée vers les rochers en transportant son ami. Il évite plusieurs créatures qui tentent de lui bloquer le chemin.

De son côté, Uhuru aide Gaïa et Magma en bondissant sur tous les attaquants qui leur bloquent le chemin.

⚡⚡⚡

Pendant ce temps, Lumina et Mathilde approchent de la colline. Soudain, un homme de sable se matérialise devant elles!

La Karmadore essaie de l'éviter, mais comme elle court trop vite, l'homme de sable entre en collision avec Mathilde lorsqu'il essaie de l'empoigner.

Et il se dissout dès qu'il touche la jeune fille!

Trop surprises pour réagir, Lumina et Mathilde poursuivent leur chemin et sautent à pieds joints sur le roc. Les créatures qui les suivaient arrêtent leur course, prisonnières du sable.

Mistral et Xavier rejoignent leurs sœurs sur le roc. Puis, quelques secondes après, Magma les rattrape. Uhuru saute sur Pénélope pour la sauver d'une créature et la soulève dans ses bras. Avec son agilité de félin, il évite facilement ses adversaires et retrouve ses amis.

Les hommes de sable, voyant leurs proies s'éloigner, se réduisent en poussière et disparaissent aussitôt. Tout le monde pousse un grand soupir de soulagement. Mathilde se retourne et scrute l'horizon du regard.

— Où est passée Gaïa ? s'inquiète-t-elle

Assommée pendant sa fuite, Gaïa ouvre les yeux. Elle est désorientée et se sent ballottée. «Où suis-je ?» s'interroge-t-elle.

C'est alors qu'elle se rend compte qu'elle est transportée par deux hommes de sable !

Elle tente de se débattre mais elle est trop faible. Ses ravisseurs au visage de poudre l'emmènent dans une caverne secrète, au pied de la colline.

⚡⚡⚡

Sur les rochers, les Sentinelles sont désemparées.

— Qu'est-il arrivé à Gaïa? demande Lumina, bouleversée.

Magma serre le poing.

— Je crois que ces créatures diaboliques l'ont enlevée! gronde-t-il.

Une voix résonne tout à coup dans la nuit désertique:

— Tu as raison, Karmador! Mes serviteurs ont attrapé votre camarade! annonce-t-elle.

Mathilde frémit.

— C'est la voix de la sorcière! Depuis mon cauchemar, impossible de l'oublier!

— Mais où est-elle ? s'inquiète Lumina. On dirait que sa voix sort de nulle part !

Pénélope serre sa fille contre elle et crie :

— Styxia ! Montre-toi ! Je n'ai pas peur de t'affronter !

La voix éraillée et menaçante ricane :

— Moi non plus, je ne te crains pas, shamane ! Je suis indestructible ! Je constate que tu as emmené ta fille avec toi. Parfait ! J'ai rêvé d'elle ! Et dans mon rêve, je la détruisais !

Mathilde se raidit en entendant ces paroles. Xavier lève le poing :

— Si tu touches à ma sœur, sorcière maudite, tu auras affaire à moi !

— Tu es mignon, petit garçon ! raille la voix de Styxia. J'ai hâte de te voir en personne !

Grâce à sa vision nocturne, Uhuru repère une porte, un peu plus haut.

— Voilà l'entrée de la citadelle! fait-il remarquer.

Les Sentinelles et la famille Cardinal poursuivent leur escalade jusqu'à la porte…

⚡⚡⚡

Les créatures de sable s'enfoncent dans la caverne en transportant Gaïa.

Ils arrivent devant une femme très maigre, à la peau noire et aux dents jaunes, qui porte une robe faite en sable.

— Styxia! souffle Gaïa alors qu'on la dépose devant elle. Te voilà donc, vilaine sorcière!

La Krashmale sourit méchamment en agitant un bâton, au bout duquel a été vissé un crâne.

— Et te voilà donc, vilaine Karmadore ! Tu crois pouvoir me neutraliser avec ta bande de compagnons ?

— Je ne le crois pas, j'en suis persuadée ! répond Gaïa avec défi.

— Sache que tant que je marche sur du sable, je suis indestructible ! affirme la sorcière. Et il y a du sable partout, ici !

✦✦✦

Sur la colline, les Karmadors se retrouvent devant une falaise. La porte de la citadelle est au sommet de celle-ci.

— Zut! maugrée Xavier. Il va falloir escalader!

— Laissez-moi faire! dit Uhuru.

Le Karmador africain saute sur la paroi rocheuse. D'un bond, il l'escalade avec une agilité déconcertante. En trois secondes, il se retrouve devant la porte!

— Ce qu'il est fort! fait Lumina.

— Oui, et il est drôlement mignon! la taquine Mistral.

Une fois en haut, Uhuru ouvre un petit étui glissé à sa ceinture. Il en extrait une corde ultra-résistante, qu'il attache à la structure métallique de la porte. Puis il déroule la corde jusqu'à ses amis, qui l'attendent en bas.

— Accrochez-vous, je vais vous aider à grimper! leur lance-t-il en tenant fermement la corde.

$$\boldsymbol{\not\;\not\;\not}$$

Dans la caverne de Styxia, Gaïa scrute la pénombre faiblement éclairée par une torche. Elle distingue plusieurs meubles dans la grotte, tous faits de sable durci, ainsi que quelques pots, posés le long de la paroi, qui contiennent des cactus aux très longues épines.

Styxia arrache l'épine d'un cactus et s'en sert pour se curer les dents. Elle sourit à Gaïa de toutes ses dents pourries.

— Les cactus sont la seule forme de vie que je tolère, déclare-t-elle. Leurs épines sont tellement pratiques! On dirait que j'ai toujours un grain de sable coincé entre les dents!

Après s'être gratté les incisives, la Krashmale jette son cure-dents de fortune plus loin. Elle se dirige vers une table, sur laquelle est posé un grand bol rempli de sel. Elle en prend une poignée et l'avale.

— Pouah! s'exclame Gaïa. Comment peux-tu manger ça?

La sorcière engloutit une autre poignée de sel.

— J'ai besoin de m'assécher pour nourrir mon pouvoir, répond-elle. Plus je suis sèche, plus je peux créer du sable!

La Krashmale s'empare de son bâton muni d'un crâne, et le pointe vers un coin de la caverne.

Un jet de sable en jaillit!

⚡⚡⚡

Arrivé devant la porte métallique, sur la colline, Magma constate qu'elle est verrouillée. Mistral tente de la défoncer avec son épaule, mais il secoue la tête, découragé.

— Cette porte est trop solide pour moi!

Magma se concentre sur la serrure. Son pouvoir la fait chauffer. Un filet de fumée apparaît tandis que le métal devient rouge.

Puis, quelques secondes plus tard, Magma donne un coup de pied sur la porte. La serrure en fusion cède aussitôt.

À l'intérieur, la noirceur est complète.

— Je vais éclairer le chemin, dit Lumina en tendant la main.

— Non ! lance Uhuru en la retenant. Ta lumière attirerait l'attention. Il vaut mieux être discret.

— Mais comment allons-nous avancer sans voir où nous mettons les pieds ? demande Mistral.

Uhuru pénètre dans la citadelle.

— J'ai une vision nocturne parfaite, explique-t-il. Suivez-moi, je vais vous guider.

Le corridor s'enfonce dans le flanc de la colline. Le groupe progresse dans

les ténèbres, s'orientant à tâtons. Uhuru ouvre le chemin, suivi de Magma, Lumina, Mistral, Xavier, Mathilde et Pénélope.

— Satanés Krashmals, chuchote Mistral. Il faut toujours qu'ils s'installent dans des cavernes! Jamais dans une villa au bord de la mer!

Lumina lui donne un coup de coude pour le faire taire.

Mathilde se guide en laissant une main glis-ser le long du mur. De l'autre, elle tient son médaillon, comme pour se rassurer.

C'est alors qu'une trappe s'ouvre sous ses pieds! La jeune fille tombe dans le vide en poussant un cri de surprise.

Chapitre 5

Mathilde déboule et atterrit dans le sable, au milieu d'une caverne.

Elle entend une voix rauque rire près d'elle… Styxia!

— Bienvenue, petite limace! lance la Krashmale.

Mathilde se relève péniblement. Elle se trouve nez à nez avec la sorcière!

En voyant sa jeune amie, Gaïa court vers elle.

Soudain, une douzaine d'hommes de sable jaillissent du sol de la caverne!

Certains retiennent Gaïa, d'autres encerclent Mathilde.

⚡⚡⚡

Dans le corridor, Pénélope alerte le
groupe :
— Mathilde est tombée !
Mistral saute vers la trappe, mais
celle-ci se referme aussitôt.
— Comment est-ce possible ? de-
mande Lumina.
— Styxia contrôle le sable, explique
Uhuru. Et il y a du sable partout dans ce

corridor! Elle peut probablement ouvrir et fermer une multitude de pièges.

— Comment retrouver Mathilde? s'inquiète Xavier.

Pénélope prend Uhuru par le bras et, d'un ton déterminé, lui dit:

— Guide-moi vers cette sorcière le plus vite possible.

Le Karmador hoche la tête. Il fonce comme un lion dans le couloir, qui descend au centre de la colline.

$$\text{⚡⚡⚡}$$

Au milieu de la caverne, Mathilde se retrouve face à plusieurs hommes de sable qui tentent de l'attraper. Nerveuse et essoufflée, la jeune fille court pour les éviter.

Le rire strident de la sorcière krashmale résonne dans ses oreilles:

— Hiiiiiiiiiiiark! Tôt ou tard, mes créatures vont te capturer!

Un homme de sable se précipite sur Mathilde… et se désintègre! La jeune fille tousse un peu en respirant le nuage de poussière. Styxia est contrariée:

— Comment as-tu fait ça? La seule chose qui peut arrêter mes serviteurs est l'eau!

Plus loin, Gaïa se débat contre trois hommes de sable, qui la maîtrisent et l'empêchent d'intervenir.

La sorcière brandit son bâton et l'agite devant Mathilde.

— Tu sembles immunisée contre mes créatures, mais tu ne peux rien contre moi! siffle-t-elle. Bientôt, le continent sera un vaste désert!

Mathilde reconnaît alors son cauchemar. Tout est pareil, sauf que la peur qu'elle ressent est encore plus grande! Malgré tout, la jeune fille rassemble assez de courage pour lancer:

— Je dois t'arrêter! Je suis la seule à pouvoir le faire!

Styxia pointe son bâton vers la jeune fille et déclare:

— Tu vas périr, sale gamine!

Un jet de sable jaillit du crâne et atteint Mathilde en pleine poitrine.

⚡⚡⚡

Le corridor descend en paliers et débouche dans un labyrinthe aux parois de sable durci. Les Sentinelles s'y introduisent prudemment. Le chemin se divise en deux.

— Comment savoir quelle est la bonne direction? demande Mistral.

— Séparons-nous, suggère Magma.

Uhuru fronce les sourcils en reniflant:

— Attendez! Je crois que je détecte l'odeur de Mathilde et de Gaïa…

Les Karmadors sont tous impressionnés par son odorat. Pénélope est résolue:

— Dans ce cas, mène-nous à elles !

Uhuru s'enfonce dans un corridor, suivi par ses amis.

↯↯↯

Dans la caverne, Mathilde ferme les yeux et pousse un cri en recevant le jet de sable de Styxia. Elle est persuadée qu'elle va se faire enterrer.

Mais rien ne se produit ! La jeune fille ouvre les yeux. Le rayon de sable s'est pulvérisé au moment même où il l'atteignait. La Krashmale est perplexe :

— Je ne comprends pas ! Ça ne m'est jamais arrivé auparavant ! Seule l'eau de Kaboum à l'état pur peut avoir cet effet sur moi…

Mathilde devine alors ce qui se passe. Elle a été protégée par son médaillon qui contient de l'eau de Kaboum ! Voilà pourquoi les hommes de sable sont incapables de la toucher. Et voilà comment elle va détruire cette sorcière maléfique!

Mathilde avance vers la sorcière, déterminée. Styxia recule vers ses pots de cactus, un peu désemparée:

— Je ne connais pas tes pouvoirs, lance la sorcière à la jeune fille, mais tu ne m'attraperas jamais!

À cet instant, Gaïa, neutralisée par les hommes de sable, agite ses antennes vers les cactus.

En utilisant son pouvoir, la Karmadore réussit à convaincre un cactus de piquer les fesses de la sorcière!

— Aïe! fait Styxia en se retournant, surprise par cette attaque.

Mathilde ne perd pas une seconde. Elle s'empare de son médaillon et bondit sur son adversaire!

Une fois à califourchon sur la sorcière, Mathilde lui plaque le médaillon sur la poitrine.

— Noooooooooooooooon !
hurle Styxia.

La Krashmale est aussitôt réduite en poussière !

Tous les hommes de sable se défont en même temps. Gaïa est enfin libérée. Elle saute dans les bras de son amie pour la féliciter :

— Bravo ! dit-elle. Tu as détruit cette Krashmale de malheur !

✦✦✦

Dans le labyrinthe de sable où cheminent les Sentinelles, les murs s'effondrent.

— C'est un éboulement ! affirme Mistral en se protégeant la tête.

Un nuage de poussière se soulève et empêche les Karmadors d'y voir clair.

Après quelques secondes, la poussière retombe et la voie se dégage. Le labyrinthe n'existe plus! Les Sentinelles se retrouvent dans une immense caverne souterraine. Au loin, Uhuru aperçoit deux silhouettes.

— Mathilde et Gaïa! s'exclame-t-il en galopant vers elle.

Soulagée, Pénélope lui emboîte le pas.

La jeune fille, encore ébranlée par son épreuve, appelle sa mère :

— Maman! Je suis ici!

Pénélope arrive en courant et la serre dans ses bras, émue.

— J'ai eu tellement peur! dit Mathilde. Mais je l'ai détruite!

— Je n'en ai jamais douté! répond Pénélope, fière de sa fille. Tu deviendras une shamane extraordinaire!

Pendant ce temps, Lumina accourt vers Gaïa, contente de la retrouver.

⚡⚡⚡

Tandis que l'aube se pointe dans le désert du Sahara, les Sentinelles, la famille Cardinal et Uhuru se promènent dans les dunes, laissant derrière eux la colline de roc rouge.

Ils aperçoivent au loin la silhouette métallique du SentiJet, à moitié enseveli.

— Il va falloir creuser pour le sortir de là, fait remarquer Magma.

— Ne t'en fais pas, le rassure Mistral. Je vais souffler tout ce sable en quelques minutes.

— C'est vrai, dit Lumina. Quand nous étions plus jeunes, Mistral aimait souffler la neige pour dégager l'entrée de la maison. Notre mère adorait ça!

Uhuru marche devant les autres, toujours aussi solitaire.

Mistral le rattrape pour lui faire la conversation.

— Tu sais, ma sœur te trouve à son goût, lui lance-t-il avec un clin d'œil. Elle passe son temps à dire à quel point tu es mignon ! C'en est même agaçant !

Uhuru hausse les épaules, puis déclare :

— Ah. Tu lui diras que le compliment me fait plaisir, mais ta sœur n'est pas vraiment mon genre. Je préfère Gaïa. Ses antennes me font craquer !

Mistral n'en revient pas. Xavier vient les rejoindre, tout excité.

— Uhuru! Tu m'as promis que tu allais me raconter tes aventures avec Geyser contre le troupeau d'hippopotames!

Le Karmador malien prend le garçon par les épaules:

— D'accord, mon petit homme. Je tiens toujours mes promesses! Alors un jour, Geyser et moi étions au Kenya, à la poursuite d'une terrible Krashmale du nom de Pestilä…

Uhuru raconte en détail son aventure kényane à Xavier, qui l'écoute attentivement.

Mais ça, c'est une autre histoire…

Table des matières

Les Karmadors et les Krashmals 7

Les personnages du roman 8

Chapitre 1 13

Chapitre 2 25

Chapitre 3 41

Chapitre 4 49

Chapitre 5 67

Dans la série La brigade des Sentinelles :

La mission de Magma, Tome 1

Le secret de Gaïa, Tome 2

Le souffle de Mistral, Tome 3

L'éclat de Lumina, Tome 4

Les griffes de Fiouze, Tome 5

L'ambition de Shlaq, Tome 6

La ruse de Xavier, Tome 7

La piqûre de Brox, Tome 8

L'aventure de Pyros, Tome 9

Le médaillon de Mathilde, Tome 10

La visite de Kramule, Tome 11

Le défi des Sentinelles – 1re partie, Tome 12

Le défi des Sentinelles – 2e partie, Tome 13

Dans la série La maladie de Pénélope :

Le mal de Pénélope, Tome 14

L'énigme de la Panacée, Tome 15

La colère de Blizzard, Tome 16

La caverne de Philippe, Tome 17

Le repaire de Sliss, Tome 18

Le donjon de Pestilä, Tome 19

Le laboratoire de Moisiux, Tome 20

Le bâton d'Hippocrate, Tome 21

La momie de Pygmalion, Tome 22

La vengeance des Krashmals – 1re partie, Tome 23

La vengeance des Krashmals – 2e partie, Tome 24

Dans la série Les nouvelles aventures
des Sentinelles:

Le poulet de Riù, Tome 25

Le crochet de Barbeverte – 1re partie, Tome 26

Le crochet de Barbeverte – 2e partie, Tome 27

L'expédition de Geyser, Tome 28

Le vol d'Insecta, Tome 29

L'amulette de Skelos, Tome 30

L'invention de Nécrophore, Tome 31

Les yeux d'Uhuru, Tome 32